一个不会游泳的人
也抵达了河的对岸

霍俊明

001

002

001

我和很多过去的人甚至未来的人一样，更喜欢坐在高原或南方的湖泊边冥想，而那个时刻往往是从黄昏向夜晚过渡的短暂阶段。如此恍惚而又真实的瞬间好像长过了几十年甚至上百年的时光。这也是更多地面向自我的时候，而我的诗很多也是在这样的冥想时分构思或完成的，它们延续或替代了我的精神生活。这更像是光线万端中我斑驳、惊异而又无法通过语言来表达的梦境与彼岸世界。

002

这是一个几乎与以往任何时刻都没有差异的极其平常的一个下午，那时的人们略显疲倦而慵懒，可以无所事事，但是手中挽着的衣服与木板上这两个硕大的"放下"却是醒目的。也就是我们往往"放不下"，真的"放下"的时候我们就找到了舟筏般的精神归宿，而这也正是诗歌于我而言存在的理由。

003

2015年10月12日，南京的燕子矶。水边的堤坝上立有一个高大的金属电塔，刚好有人在放一个哆啦A梦图形的卡通风筝。雷平阳抓拍了这张我与空中的机器猫风筝偶然相遇的照片。人与人与事物之间的相遇、别离以及心理距离又何尝不是天文学和光年意义上的，茫茫人海能够相遇是何等的艰难，而值得分外珍惜的当然是偶然以及命定中没有被燃烧为灰烬的记忆。

004

为何选这张照片呢？并不是因为这拍摄于雷平阳的故乡昭通，也不单是因为这只一心一意吃草的绵羊，而是因为这么多年在镜头前的我几乎都是表情严肃的，很少有一张像这样开怀大笑的时刻。感谢大山包和这只羊，让我重新回到一个孩童的幸福时光。有些故朋友见过镜头前我笑的时候，他们都说笑起来的老雷更好看更亲近。

这是一张我从未示人(觉得)的"私密"照片,因为很多人看到它的话一定会与他们印象中的"霍俊明"有非常大的出入,而这正是真实的我的一部分。在攀爬这棵树的过程中我得以回到往昔的树梢或乡村的屋顶,得以找回斑驳影像中的另一个我。这是可以折返的精神通道,而我们的记忆和诗歌的摄拍的功能又何尝不是如此呢?

大家应该注意到了,山路,我的身后就是成片的杉树。我在这么多年竟然一次又一次写着这些杉树和杉针以及杉鼠,甚至很多读者以及朋友都很喜欢《杉针是另一种时间》这首诗。说句实在话,从小时候起我不太喜欢杉树,浓烈的杉脂味道甚至有些刺鼻,在少年时代我又有幸或不幸地沾染过它的——黏稠而又甩不掉的时刻!而在诗歌中,这些杉树以及杉针代表了我内心的隐士在它的其间的一次次散步。

这张照片像素不高，眼尖的人会看到这张照片甚至看起来有些不清晰。是的，这张照片的摄影师正是我八十多岁的父亲——眼神不太好，也一如既往地在按下镜头的一刹手会不由自主抖一下。画面最左边这个农村老太太是我的母亲，她们身边的这些碾盘已经被废弃、堆积到桥边。是的，感谢这个镜头，让我又一次回到了故乡、老屋和父母的身旁。

如今，我身后这棵巨大唐柏下部这个人为砖的村洞已经被大大小小的石子给堵死了。2020年的岁末，我到了大理无为寺。无为寺有一副对联："残阳涌金波潮声渐来不尘云天，会合是玉镜鉴古鉴今是色是空。"在无为寺我终于找到了这株历经1200多年风雨的唐杉，据传为南诏第二代国王阁罗凤亲手栽。几十年前徐悲鸿曾立这里给它画像；再过几十年，这株24米高的香杉树被一场飓风刮倒火烧身诛心却最终幸免于难。如今裹里的中杂树心杯器珍藏聚眦犹在，我相信这就是人类在劫难时刻留下的金刚石粉末般的证物。

009

2020年1月20日下午,我站在了故乡丰润右家坞西北陈宫山的栖鸡寺(始建于辽代)遗址前,昔日连废墟都寻不见了。当年曹铃有诗云:"秋深黄叶来飘零,寺下青坪卖酪生。最爱僧居尘世远,无言山水信多情。"没多远即是住于王官营镇北黑山沟村的张佩纶(1848—1903)坟冢,他的孙女更出名,她叫张爱玲。在遗址前,有一口古井,仍有村农赶着驴车来打水。井水一年四季充盈,水温冬暖夏凉。有好水,必然出好酒,当年的酒作坊遗址也在附近。对于一直写故乡的人,那时我竟觉得自己是一个陌生人和旁观者。

010

一只猫最终还是来到了我的照片中。熟悉的朋友都知道我还有一个名字叫"醒猫",其来由一则是我爱立朋右圈晒猫图,再有就是在微信刚兴起的时候我表情包用得最多的就是那个瞪大眼睛又摇头晃脑的加菲猫。已经忘记了这是给哪家书店题的字,还是用左手写的。这三小友曾经因为被做了绝育手术而离家出走一个多月。不能不说,这是一只"身残志坚"而有骨气的猫。

梦的对岸

霍俊明 —— 著

国际文化出版公司
·北京·

霍俊明

诗人、诗评家、研究员。著有《转世的桃花：陈超评传》《有些事物替我们说话》《诗人生活》《雷平阳词典》等专著、评论集、诗集、散文集二十余部，编选《天天诗历》《青春诗会三十年诗选》等。作品曾获国家哲学社会科学优秀成果奖等。曾经参加剑桥大学徐志摩国际诗歌节、黑山共和国拉特科维奇国际诗歌之夜、青海湖国际诗歌节、澳门文学艺术节。

现况与幻觉

代序

雷平阳

在我的印象中，霍俊明一直生活在一个信封里。"邮寄"本来是动词，现在作为形容词来使用——他即使被捆绑在神庙的列柱上，也会有某个信使自认为在自己经手的信件中，有个信封装着他，无从投递，也退不回去，只能永远随身带着。

他的评论文章、诗作、随笔，无一例外有着"现况"与"幻觉"这两种情态，而且两者之间互相穿插，互为替身。

在我写作《乌蒙山记》的那年，有一次在燕子矶，我抓拍了一张地上的他与空中的机器猫风筝偶然同框的合影。站在扬子江的人工堤坝上，他一边欣赏着手机里我转发给他的照片，一边认真地对我说："老雷，你的新书里，一定得写写我。"

黄昏，我们转回紫金山密林中哑寂的宾馆，一瞬间我竟觉得做了一场长长的梦。醒来，伏在搁放着电视机的桌子一角，我天马行空地写下了一篇短文《霍俊明的忧伤》。短文中的霍俊明，只身前往我的故乡昭通，希望那儿山梁上的一个女巫能将他的灵魂引向阴间，痛痛快快地游荡，然后再重返人间。女巫耐心地向他描述了阴间的律法和一个个场景，他也在女巫的房间里看到了一个个灵魂前往阴间之后僵硬地躺着的死亡状态下的肉身，"半斤烈酒下肚，霍俊明在一张牛皮上写了封遗书，决定试一试。他用雪山上流下来的冷水洗澡，又在焚烧牛骨的篝火旁边烤干了眼镜片上的水雾，并换上了一身运动服。之后，为了让自己在阴间时身体轻便一些，好做折返跑，他到柴房后边的茅厕里恶狠狠地减负。返回途中，经过柴房时，他从窗外向内看，发现惨白的灯光下，稻草上躺着许多人，像睡着了一样。受好奇心驱使，他推开柴房的门，走了进去。他用脚尖碰了碰一个穿着骷髅图案棉裤的女人，感觉这个女人的身体僵硬了，就弯下腰去看，这才发现，不仅这个女人，所有躺着的人都没有了呼吸，被速冻在了一座冰川里。"最终他决定放弃这场充满风险的死亡游戏，只是拜托一位前往阴间的女士在那边为自己建一座衣冠冢，他的忧伤持续至今。第二天早上，我拿这篇虚拟的短文给霍俊明看。他没有异议，确认我写的这个霍俊明就是他。

当时，陈超先生辞世不久，霍俊明开始书写《转世的桃花：陈超评传》。他掉进了正在喷薄的火山口，身在朝着天空猛烈喷射的炽热的岩浆之中。这场文学事件，无疑将"现况"与"幻觉"的烙印死死地深刻在了霍俊明的骨骼之上。现况中的事件，冰山燃烧，地狱现世，抑或寸土扩充为神殿，一张树叶化身为天空，幻觉的真实性往往具有真理的品质，同时还无情地开显出了事件观察者和书写者的文字性格，乃至难以扭转的审美悲剧。为此，在阅读《转世的桃花：陈超评传》时，洞悉陈超的命运固然令我感动，有如在火山群中探险并目睹彩虹般的消失，而霍俊明的身份、骨相、血液的浓度和眼界更是我所留心的——将事实导向未知与神示，为虚无赋形并产生公论，霍俊明的个体总是同时迸发出两个人以上的力量、意志、智识，而且事件的陈述不是基于结局，而是基于世界就此铺开。这当然不再是一场女巫掌控下的秘术，霍俊明的文字方向也不可能直指探秘式的阴间道路，他是在岩浆喷薄并瞬间凝固般的现实世界中，力图让自己因高温而遽然分解的灵魂与陈超一起飞升——而且，他怀抱着为陈超的飞升进行命名、陈述和定论的偏执的使命，仿佛他就是陈超挑选的前往天空的证人，面朝空阔无边的未知世界，但又得将所见的奇观分身送回我们中间。

这本诗集是霍俊明令人惊叹的大批量诗评文字之外的大海尽头的海岬，亦可视为汪洋之中的一条条沉船。

我能体悟到的霍俊明的清迈、狂暴、疼痛，这与霍俊明在女巫面前表现出来的好奇、焦虑、胆怯是反方向的，但两者无疑都在现实中撕裂着他，来自幻觉的异力往往大于身体的定力，也大于现实的引力。他在失重的虚空中一边碎片化，一边以更轻的物质重塑着自己。

与《转世的桃花：陈超评传》中那些燃烧的文字相比，这里面的文字更像是火山灰中埋藏着的玛瑙中的昆虫，以活着的方式凝固，在死亡的状态中获得色彩斑斓。平时的交流中，我把霍俊明称为"永平府的书生"，尖锐、深情，出行时总是带着松树、隐形的戏班子和终生旁观的老僧，因为他在观察时充满理性，记叙时却不失感性，而腔调一如某个消失了的旦角在黄昏的孤岛上咏叹。

我愿他是这诗歌写作幻觉中孤勇、温情的书生，愿他在把旭日当成落日之余，有更多的诗作而不是诗评面世，并从寄往天空的信封里爬出来。

2021 年元旦

目录

第一辑　小地方的笨拙笔记

甘蔗田禁区 / 003

水梯 / 005

恍如己身 / 007

微型地窖 / 009

小镇上的父亲 / 011

站在砖墙上的父亲 / 013

红花结莲蓬，白花结藕 / 015

奔赴 / 016

夹竹桃下的人 / 017

更深的惶恐 / 018

停顿 / 019

一天即将进入另一天 / 020

第二辑　高原的土红色封皮

  海边独坐的大象 / 025

  庚子赤水杯中纪历兼怀陈超 / 027

  给雷平阳发去一张老地图 / 032

  照片中的担当大师墓 / 034

  静闻法师 / 036

  雷平阳的白鹭或白鹳 / 037

  一辆车从黄昏开往黑夜 / 040

  乌蒙山，兼悼马新朝 / 042

  大觉大梦 / 044

  屋子里的白鹭 / 045

  庚子秋在南方遭雨偶遇白鹭两只兼致苏东坡 / 047

  白鹭词典 / 049

  雪隐 / 050

  真实的生活 / 051

  想象中的生活 / 052

  反光的对立面 / 053

  鸡冠山 / 054

  冬日图谱 / 055

  替代物 / 056

  苍山顶一个橘红色拉杆箱 / 058

庚子天竺的踏空之声 / 060

双头白鹿记 / 062

相形记 / 064

捕夜记 / 066

洱海旧照片 / 068

黑白之水 / 070

第三辑　松针上行走的隐士

从未被触及也从不需要说出 / 075

热爱那些失眠的人吧 / 076

再一次写到失眠 / 078

燕山林场 / 079

松鼠从来不做隐士 / 080

一个来自小镇的人在舞台上接受采访 / 081

麂子 / 083

读重症打鼾者八十年代的日记 / 085

蓝色的李子 / 087

如此刻 / 089

灰冷之物 / 091

具体的松树 / 092

隐士 / 093

恍惚的松针在黑夜里 / 094

松针是另一种时间 / 095

松针燃烧 / 096

第四辑　彼岸花或沙漏现世

彼岸花 / 099

梦的对岸 / 100

庚子记梦 / 102

梦中爽约 / 103

海市 / 105

总会想起一些死去的人 / 106

汁液流淌 / 107

赫拉巴尔的墓园 / 108

倚门人 / 109

给一位逝去的朋友发微信 / 110

断章 / 111

另一个尘世 / 112

松冠之上 / 114

越来越多的人 / 115

此刻 / 116

习惯 / 117

墓园的大门为什么总在晚上关闭 / 118

一个男孩如此钟爱于墓园 / 120

第五辑　纸上的云山与大象

八行诗 / 125

数字化的石子来敲门 / 126

鱼鳞在身上的暗处发亮 / 127

陌生人 / 129

一个人走到祁连山 / 130

清霜屋顶，写给小众书坊 / 131

越来越白的屋顶 / 132

去某地的火车上 / 133

伟大的嘴唇 / 134

梅花山兼致胡弦的十四行 / 135

蓝色童车 / 136

庚子冬经湖州往温州致文成慕白 / 137

第六辑　响水桥笔记

月圆之夜响水桥 / 141

在乡下向伟大的兔子致敬 / 143

王单单、张二棍来到响水桥 / 146

听母亲电话里说父亲正在村西挖野菜 / 148

唯一的草莓 / 151

两张面孔与一本《杜甫传》/ 153

前不栽桑 / 155

皮影头茬皮影身 / 160

临终的西瓜 / 162

大雨中的幻想症 / 165

一个人从云南回来后 / 167

一位脱口秀老乡 / 168

不应该让她们如此狼狈如此羞愧 / 170

生日及次日遇两场春雪有感 / 172

像一个古人在酒后醒来 / 174

响水桥杂谭 / 176

异人传 / 181

第一辑

小地方的笨拙笔记

001 —— 022

甘蔗田禁区

总会有刺目的东西
比如长得过于漂亮的乡村女孩
已经疯掉了
比如当年
故乡唯一的一块甘蔗田

它位于乡村与小镇间的过渡带
有几年
我经过时甘蔗正在生长期
如同我在饥饿中
最终它们长成了
墨绿的阵阵抖动的森林

经过那里的短短几分钟
空气瞬时变得甜稠
更多的
还有袭来的莫名恐惧
唯一的甘蔗田把守森严

一两只白额恶犬
随时都会从里面狂吠着冲出来

这盈溢着甜味分子的禁区
我从来没有赶上
这些甘蔗被收割的时候
也没有看到
小镇的市集上
有它们横躺或竖立的身躯

我只记得
它们黑森森的一片在风中摇晃
躯干上有白色的斑斑印迹
偶尔夹杂着不知名的鸟叫声
它们应该尝过或衔着
村里和小镇人所不知的那种甜

水梯

那些在现场的人

都已经走了

连背影和影子也一起带走了

一个铝合金的梯子

却留了下来

它在高原的湖泊中

隔着水波闪着哑光

金属的擦痕不深也不浅

上面有过

曾经攀爬的人

修剪行道树的人

检修风车和路灯的人

凿掉路边山体即将迸裂的石头的人

水中的梯子横着

和岸只隔了两米

已渐渐招惹了水草的绿衣

多少都会引来好奇
一个梯子
无缘无故被扔在了湖水中

废弃物也在寻找它的安身或葬身之所
几条白色的船
从不远处的孤岛绕过
既定的路线之外
尘世的脸在金属的反光中
跟随着湖水
一起微微抖动

恍如己身

即使有光线

这里的一切也都是灰色的

微弱的光线

在过渡带或暗影处

持烧火棍的手

埋在灰烬中的红薯

有时是土豆、花生、栗子、苞米

甚至还有过蚂蚱、蛐蛐

两只刚刚长成的麻雀

渐渐煨熟的香气弥散

我再次回到自己的身旁

恍如己身

灰烬温热,而我仍是少年

稚嫩的面孔有些模糊

黑暗在灰尘中不断压低

那时的父母
他们还在红薯田里

铁擦子擦出的薯片
已经渐渐铺满了干热的土地
有的已经卷边、变干
擦子闪着微光
刀片的边沿儿也越来越潮湿
时时滴下
红薯浆液白色的微甜

微型地窖

父亲老了

个子本来就不高

此刻越发矮小了

他已经没有力气

挖一个普通大小的地窖

家里也没有那么多的白菜和土豆了

菜园子越来越小

父亲在后院

趁着土层还不太板硬

用右脚踩着铁锹

一点点插入

铲起的土又一次活了过来

多么熟悉这种亲切的土腥味

就如多年前

在乡村公路上奔跑

欢快地猛吸拖拉机和大卡车的柴油味

偶尔土中会有完整或断裂的蚯蚓
终于
父亲挖出了一个宽深各一米的微型地窖
他小心翼翼将青萝卜摆放到里面
像是完成乡下的古老仪式
上面盖上一个木板
再铺上几层稻草
最后
他又在稻草四角压上石块
终于完工了

他挽起的裤脚边沿已被磨损
胶鞋上是半干半湿的土
借助铁锹的力量
暗黑的土从地层中被挖出来
堆积成了一座小山
弱薄的光线下
不久的将来
它们将重回黑暗中去

小镇上的父亲

父亲的手

显得有些笨拙

我骑在他的肩上

随着步伐而左右微微歪斜

此时看来

这个小镇是歪斜的

人群也是摇摇晃晃的

父亲的手还不习惯

忽左忽右地

轻轻扶着

从头顶上看下去

人群有些矮了

那些蔬菜和水果以及面孔

也微微变形了

不远处的菜园

正在剥蚕豆的人

动作不可能更快了

绿色的豆子偶尔迸射出来

菜园的土路刚刚修整过

昨夜遗落的蝴蝶翅膀

也是崭新的

站在砖墙上的父亲

我一次次转过身去

如同多年前

矮小的父亲

站在渐渐高起来的乡村砖墙上

正等着我

把一块块砖头

准确无误地

抛到他的手中

一年盛夏

大雨把家里的一面土墙冲塌

我和父亲

第一次无碍地看到了外面的河沟和村邻

这种直接让人胆怯而心慌

多年来

总是在困倦或睡梦时

他等待我再次弯下腰去

捡起砖头

然后

起身

扬起臂膀

把它们再次抛向空中

另一双手一直在空中张着

有些东西

时时落在上面

又顺着指缝滑下来

但那并不是命运本身

红花结莲蓬,白花结藕

一场暴雨
我正在回程的火车上
母亲打来电话
她好久没主动打电话给我了
她问我在哪儿
我说在火车上
她声调突然高了许多
像年轻时在傍晚扯着燃烧的嗓子
喊我回家

她让我少出差
显然她刚看到了新闻
西南地震,南方台风
她突然说了一句
你堂哥没了

车窗外是成片的荷塘
红花正在结莲蓬
白花正在结藕

奔赴

小地方的一座山

被凭空削掉一百米

对于曾经的庞然大物

人们把它换算成一个个数字

削掉一百米也还是一座山

小镇上的人已经习惯了

它们继续削减

崩塌、风化、泥石流……

它们一次次奔赴江河

正在成为多种不可知的形式

只允许人们一次次视而不见

夹竹桃下的人

粉的和白的夹竹桃
它们看上去很高大

那些瘦弱的人
在树下兜售应季的水果

他们此刻在正午的阴影里
背后是一个山坡

唯一的路通向那些更深暗的褶皱
他们应该是从那里赶过来的

他们还将再次返回
没有人看到他们曾经和必将赶路的样子

他们在夹竹桃下的阴凉中
花期正好

那些阴凉
也还将持续好长一段时间

更深的惶恐

一条小路越来越清晰
那是晨练的人硬生生踩出来的

谁都不会料到
草丛里突然有震耳的轰隆之声

两只野物
仓皇起飞

巨大的翅膀
瞬间掠过白杨树林

猝不及防中加速的心跳
有些事物处于更深的惶恐之中

停顿

医疗废物转运车

抑尘车

工程救援车

它们的车厢都是白色的

如同那些形制、颜色统一的高速路护栏

在一个主干道出口

沉淀、堆积之物越来越多

很多人和工具

越来越迟缓

他们瞬间变得疲惫

少年把刚理过发的头探出车窗

喉结已经越来越突出

他偶尔干咽着唾沫

高大夹竹桃的顶端还没有花朵

偶尔有白鸟几只停留或飞远

一天即将进入另一天

喜鹊半边黑半边白

中年人看到了另一个自己

一辆黑色的车

驶入一条从未经过的乡镇级公路

一切都隐没了

只有车灯照到的局部是亮的

路边的白杨被刷过了石灰水

偶尔远处泛出几点灯光

多么熟悉的多年前的夜行

多么陌生的不是北方也不是南方之地

不远处的墓地如约而至

还有那些夜鸟总是在黑暗中啼鸣

它们比黑夜更黑

也比一切更恍惚

似乎有人听到了湖水的声响

河闸在拐弯处出现

作为陌生的地名

它在黑夜中

带来了更多的流水

更多喧响或静默的不明之物

第二辑

高原的土红色封皮

023
—
072

海边独坐的大象

雨中红土是热带雨林蒸腾的血液
在一个傣族山寨我曾逗留徘徊
接连数日一个庞然大物来到梦中

它有六根泛黄的利牙
浑身散发着钢铁暴晒之后的热气
粗重的鼻息让人昏沉而惬意

有一次它踱到一张土纸上
笨拙的线条像雪山的沟壑
让我去大海那一天一定要带上它

波浪间有万物的骨头
蓝色的梯子既像是开始又像是结束
微微起伏的背脊

一片又一片镜子的折光
即将逝去之物

再次找到了形体

驯象人以及野性的时间
缩身于一个海螺
连同那庞大躯干发出的老犬般闷响的唿哨

终身携带银鞍庙宇的大象也携带着死亡
大象终至无形
孤独也恒常如新

只能想象
一头未来的大象
正在朝海边朝我们迟缓地走来

庚子赤水杯中纪历兼怀陈超

1

我和赤水河打过照面

云南镇雄的司机师傅

还没学会说普通话

"你是一个心存醉酒愿望的人"

这是你离开尘世时

说的最后一句话

高原上的人影鸟影树影

都在微微晃动

湿软的蓝色舌头

一次次碰亮斯人

小小的闪电也在旁敲侧击

2

我在玻璃酒杯中

豢养一只无形的豹子

轻轻低吼

模仿砍落一地的红色高粱

酒杯的冷和词语的冷

刚好相碰撞击

树冠和山道失去重心

眩晕

是一把向上的纯白色梯子

3

人们更喜欢在冬夜

相庆或共伤

兄弟和陌生人

都需要一场大醉

谈龙谈虎之心

更是一场场虚妄

年幼的豹子还在酒杯中

在寒凛的日子

一次次起身

4

蓝色火舌

舔着铁皮屋顶

一次次发亮

一个个松果掉下来

不轻不重

多像重负与神恩

你领受或者撕裂

透明的液体

白色的虚无

无人再夜雨修书

日子过成了

黑白色

5

一杯之隔是日常之水

一墙之隔是无尽的群山

一夜之隔是

走的走　散的散

你身后

留下五十六个酒杯

黑色的大理石墓碑

被目光擦亮

6

泪水和酒浆

隔着上升的冬野

无方向的高原加速下坠和塌陷

隔着黑漆漆的门窗

红色的鹦哥嘴

多么口吃

是啊

我们都希望——

"愿好人得沐天恩"

2020 年 12 月 24 日于赤水河畔

给雷平阳发去一张老地图

一张老地图

一个个坐标仍然清晰

那是这位昭通人的老家

在他故乡东南二十里处

有一片

巨大的湖泊

名为八仙海

我给他发去这张地图

并不是想求证

这片湖水现在是否存在

我只想让他看看

其实

他有好几个故乡

有的已经干涸

有的已经死去

有的正在变形

有的正在下沉

隔着手机屏幕

我听到了呼吸

隔着时间的毛玻璃

有人一直在干咳

像是一层一层的细砂

垂直漏下……

照片中的担当大师墓

当年的纸上云山

连同大孤独和小孤独

都一起搬运到了云图中

隔着电子化的照片

我听到了你和游人的喘息

几分钟前一闪念

想起担当和尚

他的墓塔我还没有机缘去过

你刚好

发过来这张照片

墓塔并没有经过滤镜的处理

死亡或道义

不需要美颜

"看破不说破"

担当大师的塔身

有不深不浅的青苔

一张照片仍然像深渊

隔着十万八千里

那些微尘和颗粒承接不住

一个人破碎的家世和山河也是

静闻法师

那是末世
一个人以骨灰的形式
抵达了想象中的山顶
群山的心脏或火焰
也需要洗一洗
雪水正自上而下

身心俱疲的人
在山路上戴罪而歌
一人禅诵二十载
不移其志
江水只有白骨洗梦

不会再有第二个登临者
革面易
洗心难
镜子是白色的灰烬

雷平阳的白鹭或白鹳

1

在昭通

在欧家营

在废弃的老宅

雷平阳指着空地上

微微隆起的一个土包

开始了他低沉的云南讲述

2

黄昏

一只白鹭或者白鹳

来到这片梨园

到了晚上 月光下

那只白鸟

一动不动

3

梨花偶尔落下来
仿佛披麻戴孝的谁家儿孙
这一切
更像是梦本身
天一放亮
它就在附近东走西荡
偶尔啄啄什么

4

那年
整个昭通都在罕见的干旱和饥荒中
这只白鸟
最终死在了这里
饥饿的一家人干瞪眼
张着嘴瞅着
从没吃过这等异常之物
也不知道
吃了会不会发病
或有大不祥

5

那只白鸟
瘦得只剩下一身羽毛
一堆正在融化的雪

6

对于这只白鸟的到来和死亡
雷平阳三缄其口
好像还有更深的秘密
埋在那个小小的土包之下
仿佛这一切
只是死亡的幻象
找到了绝好的替身
白鹭或白鹳
月光和梨树
刚好构成了
一个绝好的死亡舞台

一辆车从黄昏开往黑夜

和一群人
坐在一辆可以忽略颜色的客车上

马达轰响
人们微微抖动身体

车一直向前开
从黄昏开到了黑夜

越来越黑
仿佛要穿越最黑暗的那个时刻

此地有数万只白鹭麇集
在黑暗中人们却看不到它们

白色的身影在何处
恍惚是不可见的前世

在无限的黑暗中
有什么被一点一点吞噬

松针簌簌落下
仿佛地面是无尽的湖泊

乌蒙山，兼悼马新朝

秋天结束了

乌蒙山顶

时间的冷和词语的冷

刚好相遇

时断时续的雪

带来一条确切的消息

一位友人

在一年最寒冷的时刻

刚刚亡故

中原大地的庄稼

被砍落一地

雪阵回旋

灰蒙蒙的死亡面纱

老友成了新亡人

在这样的大雪

在如此的白冷之物

一次次降落的途中

2016年9月3日于昭通

大觉大梦

有人替你走了一段末路
你永生不可能走的那条路
湖中到处是人和兽的倒影

他曾在老城经营一个书吧
门口有一棵花椒树
佛系女友
迷上了普洱茶和木手鼓

接连十个夜晚
他梦见山顶的一座金塔
每次磕头都磕出黑血来
大觉大梦
他徒步
上了鸡足山

尘世的最后一场雪
在那天
不紧不慢地落着

屋子里的白鹭

第二辑 —— 高原的土红色封皮

这是一只
可以近距离观看
还可以用手
轻轻抚摸的
白鹭
甚至它会靠近
用长喙
抻啄你的衣角

在邻水的屋子里
它的右腿
还在恢复中
以前在水边
它们往往
都是用一只腿站立

有时它慢慢绕圈
身体略微向左倾斜

脖子

也总是倾向一侧

一天中

它只偶尔低叫几声

说不上悦耳

它还不能回到水岸

疗伤总是需要时间

夜晚

最终滑过西山来到这里

一切都黑下来了

除了它

微微抖动的白亮绒羽

庚子秋在南方遭雨偶遇白鹭两只
兼致苏东坡

一条河穿过小城

它们更接近于灰色

顺着这条河

是同样灰暗的民居

突然下起雨来

此时你才发现

这里居然没有一棵

能避雨的大树

小城被修葺过了

包括这些植物

举目雨中

对面的河边有两只白鹭

也在避雨

它们一动不动

像被拉长的白色保龄球

我和它们都在雨中

一动不动也不能动

突然其中一只张开翅羽拉长身体

振翅起飞

一瞬间

庞大而耀眼

我几乎是跟随它

一同飞进雨中

是梦是醒

羽衣蹁跹

白鹭词典

黑色的喙

消失在阴影里

更多的时候它们静止

只在短暂的繁殖期

它们才谨慎地张开喉咙

发出任何乐器

都不能模仿的声音

它们更喜欢独自起飞

像一团快速移动的白雾

雪隐

夜晚有着强大的肺
那声响,让人想到
几十年前的风箱
拉动、开合
风挡,有节奏的呼吸

一两只雪白颀长的身影
它们比空中的雪早些到来

胆小之物更喜欢隐匿
那些白色或灰色的装饰性婚羽
还没来得及长出

翎羽静静地闪着光
偶尔传来的一阵鸣叫
微弱
近乎于虚无

真实的生活

一切都是缓慢的
一切都是被蓝色深深舔过的

对于真实的生活
人们往往充满疑虑

柠檬色的尖顶房子
伴随着大风骨节的裂响

树身滋养浆果
掉落的枝干即将成为炭火和灰烬

想象中的生活

远方的人
一次次来到山中
为了过上一种
想象中的生活

斜坡在缓缓抬升
生活的另一面
蓝雾树开着不大不小的花朵
偶尔有人经过
看不出是本地人还是异乡人

天冷下来
人们穿着灰色或黑色的衣服
人世
有了越来越多的松鸦

反光的对立面

雪刚好落在山顶凹陷处
数月余
人们望着雪山
虚空之物
如此真实

背后的山坡
松针一次次落下
草丛中一些奇异的羽毛
沉落，翻卷
又再次轻轻飞升

人世
有了越来越多的反光
对立面
以及陌生之物

鸡冠山

我曾

远足山中

为了看一眼

亲手栽过的一棵雪松

不出所料

它已经长成了

我完全不认识的样子

冬日图谱

时间

有了更多的空隙

冷让静止的事物

越来越少

砍掉的松树

正在成为炭火

拥挤之后

庭院再一次空了出来

松荫下听钟

冷寂中的慢动作

替代物

一些植物

因了特殊的力量

替代了

佛手、佛心、佛脸、佛足

它们是——

佛手柑、五指橘、

飞穰、蜜罗柑、

香橼、五指香橼

五指柑、九爪木

文殊兰、菩提果

时间的主人

总要站在高处俯瞰

果实也是

身心分离之物

倒挂之物

低垂之物

都有着白色的厚厚壁膜

外面
是越来越厚的橘黄色外衣

有朝一日摘下来
皮肉分离
死亡的汁液
一瞬间
竟如此充溢

苍山顶一个橘红色拉杆箱

到了山顶
似乎一切动作都可以停止
像灰烬,像不再转身的背影
一个拉杆箱
在山顶静立
镀金拉杆正在微微闪亮
箱体是橘红色的
主人不在它旁边

时间收拢,近乎静止
滇西北高原的正午
山顶唯一的平坦之处
再向前是成片的杜鹃和冷杉
再向前是悬崖绝壁云雾拦路

可能是一个女孩或女人
暂时或永久的离开
箱子的内部是更多的虚无

灌木被大风左右摇动
橘红色的箱子却一动不动

路走到了尽头
鸟的声音也被消遁
山顶的拉杆箱
正是橘红色的虚无本身

庚子天竺的踏空之声

滇西北高原的甘蔗

给这条人迹罕至的路

留下甜的碎屑

巡山工人的迷彩服和一段横木

隔开山下闹市和游人

石子砌旧的古路

泛着锃亮的时间之光

路面细碎而光滑,中间有些凹陷

山路两侧铺满了掉落的松针

枯黄、松软、濡湿

是啊

越来越多的松树松针

越来越浓的松脂味道

来回八公里

只有微微冒汗的两个人

还有几只蹿过的松鼠

仓皇中掉落的一两枚松果

山路尽头是天竺

白色的告示牌被风吹出了几个裂缝

松鼠捧着松果像正在玩弄撕裂的口罩

巡山人收拾起刚刚弹完的三弦

好不好听我们都没赶上

"无为无不为"

悬崖之上修行者的踏空之声

回头转身下山

庚子年闹市的喧哗仍旧响亮

无为寺,救疫寺

墙壁刚刚粉刷一新

山谷还是旧山谷

里白①仍能够接骨止血治病度人

---

①里白:一种蕨类植物,根状茎可入药,有止血、接骨的作用。

双头白鹿记

山峰起伏

时间的锯齿

仍在缓缓加深

轮廓作为痕迹的一种

在黄昏中隐没

双头白鹿

曾在一座山峰短暂现身

数月不息的大雪

有它的梅花状蹄印

操持方言的人

曾经目睹过它

在越来越薄的地方小册子中

也有它模糊的印记

尘世累积着晨霜

湿漉漉的

毛手毛脚的妇人

在中午或者晚上

偶然打翻了

一两只瓷器

山下的游客越来越多

山上的新闻越来越少

只有旅人和闲人

偶尔看看

头顶之上的事情

相形记

较之那些更高大的玻璃幕墙和楼宇

低处的建筑

更像是废墟

或活着的坟墓

它们更多时候在阴影中

面孔各异的人是模糊的

果子一次次熟烂

委顿于地

那些或厚或薄的土壤

并没有因此

变得更加甜软

果肉腐烂的气息

一次次弥漫

恍如红土高原上

呛人鼻息的土酒

灰尘在光线中微微抖动

蚊子和蜥蜴

都不在风景之内

过滤器是灰色的

修剪过的树枝

也是灰色的

整齐划一的时刻

集体赶赴同一个地方

夹竹桃

还没来得及开出

红花或者白花

捕夜记

从高原的黄昏开始

夜捕时间降临

天空的网和渔民的网同时撒开

大大小小的鱼的命数

又一次发生变化

黑暗之水

看不见波涛

只有一只只渔船的网灯

此前

一只渔船靠在岸边的杂草中

蚊蝇牛虻飞撞

一对中年夫妇

面孔黑红似有心事

漫不经心整理着渔网

那时他们还没有来到

高原湖泊的中央

那时群山还没有暗下来

有人仰头

看一下山顶

双头白鹿

正在幻化成

一朵朵黑暗或金色的云

越来越沉的黑暗中

更多的银鱼接受了灯光的诱惑

时间之饵

正缓缓加重它落下来的速度

洱海旧照片

一张黑白色的旧照片
上世纪①的大理
乡村土路两旁是正在腌制的弓鱼
尘土漫过,有盐粒和苍蝇

长不盈指
银色的躯体
曾是深夜湖水中
一闪一闪的碎片

绿色卡车正在短暂休息
不久之后
它们将在高原的阴影里
盘旋而上
然后盘旋而下

鱼干捆扎整齐
紧紧挤在车厢里

山地在它们身后
阴影和即将到来的黑夜
正一点一点将其填满

① 20世纪60年代

黑白之水

这是一个小地方
游客却越来越多
本地的
男人穿黑衣
女人着白裙

风无时无刻不在吹着
人群没有什么反应
湖的对岸有成片成片的屋顶
它们是白色的
那些装载游客的船只原本是银色的
码头用白油漆刚刚刷了一遍

刚好梨花开得到处都是
湖中有活的游动的
也有死去的沉淀的
鱼骨、木块、泡沫、瓷器碎片、虾壳
以及刚刚过期的日常生活

湖中每天有各种倒影

有活着的人

有死去的人

水面也越来越白了

第二辑 —— 高原的土红色封皮

第三辑

松针上行走的隐士

073

096

从未被触及也从不需要说出

沿山向上
明亮之物
经年的云和山顶的残雪

人们已经忽略了
那些不带刺的植物

不大不小的石块
从悬崖偶尔翻落
下面是暴急的河流
再下面
一些事物从未被触及
也许有形状
也许没有
也许有声响
也许没有

热爱那些失眠的人吧

失眠的人

在夜里站起来

开始跳伞

一个红色的防雨棚

跳落者使它

突然变形

变形的

还有黑夜里瞪大的瞳仁

失眠的人

必须学会在夜里走路

走累了,就跳到悬崖或楼顶上去

接着,就降落下来

速度取决于

是在做梦

还是继续失眠

热爱失眠的人吧

你看——

他又一次在站起来

准备跳伞

再一次写到失眠

这个夜晚
又多了失眠的人

山峰更为沉暗
雷声和闪电刚好来临

极其短暂的照彻
沦陷于更深的黑暗

僧人的早课还没开始
那些喧噪的苦蝉即将死去

燕山林场

当我从积重难返的中年抬起头来
燕山的天空,清脆泠泠的杯盘
伐木后的大地
木屑纷飞……

那年冬天,田野深处
一个个巨大的树桩
和父亲坐在冷硬的地上
生锈的锯子在嘎吱声中发出少有的亮光

父亲只是拍拍我的肩膀
一场罕见的大雪就从天空斜落下来

松鼠从来不做隐士

如果不是久居山中
如果没有松林在侧
我们不会遇到它们
灰色或黑色的一团

它们从来不做隐士
光天化日之下活动
小利爪剐蹭着树皮
响动如此张胆明目

这一切只需要对视
或见或一切都不见
松树向南或者朝北
那些松针一致向上

风一直在吹在摧毁
动念头却少之又少
沙沙作响或沙成冢
松鼠松树或松生火

一个来自小镇的人在舞台上接受采访

他来自小镇

确切地说来自小镇西侧的山麓

职业是护林员

舞台上的光聚照着他

可衣服和面孔仍然是沉黑的

他一直低着头

像是认罪

偶尔吃力地吐出几个字

甚至

有时他会轻咬嘴唇

他把日常的自己搬到了舞台上

沉默的人

常年住在山上

他认识的草木和鸟类

比人多

小镇的家

他半个月回去一次

　"家里太吵了"

面对那些树木和峭岩

更多的时候是在夜里

他短暂地

交换过眼神

和低沉的喘息

麂子

戴眼镜的人

需要每天擦拭那两块玻璃

以前是用手

用哈气

后来用棉布

纸巾

再后来

有人找来一块麂子皮

一大块剪成数小块

轮换着用

它们干燥时有些发硬

像是崭新的柳树皮刚刚经过晾晒

每当我用水冲洗上面的污渍

麂子皮

顿时会变得柔软滑腻

那时它又成为动物的皮

新生的肌肤

被利器剥下

在水管喷溅的白色水流中

我闻到了肉体或尸体的腥气

它们仿佛又回到了丛林

那时

哗哗的水流声令人恍惚

这无关痛苦

也无关杀戮

关于死去之物

我只是想起了一首歌——

"我愿变作一只麂子

只要跟着你在一条河边"

读重症打鼾者八十年代的日记

日记本霉变发黄

翻到其中这一页

当年就活生生来到了眼前

西南某地某青年旅馆

三个男人同住

一个打鼾者喝多了提前回屋

在半夜的头疼中他翻身坐起

一左一右

两个加夜班的青年马达

旅馆成了轮船底层的轰响机房

鼾声时而间歇时而急促

有独唱有和声

有摇滚乐有重金属有咏叹调

有鼓声阵阵号角齐鸣万马齐喑晴天霹雳

醒来的打鼾者呆坐无语

他走到房门外

黑夜中正在下着八十年代的雨

雨声中的悬崖时有碎石滚落

那时沈从文还没有过世

那个年代的最后一天

还没有到来

2020年3月13日夜

蓝色的李子

这个小小的山镇

几天来的局促

转换成此刻庭院里

迅速坠落、腐烂的苹果

认命了

"生活并不是诗"

我们几乎同时注意到了

那些蓝色的长得过于奇怪的李子

仔细挑选

不多不少一共六个

卖水果的本地男子

话不多说

做着谁都明白的表情和手势——

这些果子送给你们啦

不得不承认

有些时刻

生活比一首诗更重要

如此刻

无缘无故

头疼、牙痛

半张脸浮肿

无缘无故

暴雨来临

无缘无故

那么多人在车站

无缘无故

有人在黄昏前死去

无缘无故

人们都不知道

这个人的名字

无缘无故

一个人的骨灰落水

无缘无故

如此刻

暴雨来临

如此刻

人们在白天点灯

如此刻

不信佛的人们

双手合十

如此刻

灰冷之物

灰尘缓慢落在

冷彻的屋顶上

寒冷中的人

羊皮护膝已被磨损了大半

窗外的水泥路可以抵达一个缓坡

在更大面积的灰暗中

刺桐不多不少

花萼仿若佛焰

有些房子

彻底地空出来

再没人来小住或安眠

不明所以的灰冷之物

四处飞散

回旋

又慢慢落下

具体的松树

世界上有八十多种松树

这么多年

我却只记住了一棵具体的松树

不在山上

不在湖岸

在北方平原的村子里

它紧挨乡村墓地

早已死去多年

其他的松树

我觉得它们并不是同类

那些油脂和松针

仿佛刚刚经历了

一场新鲜的死亡

隐士

多年前的冷箭
又射回来了

松针多于往日
跪坐树下的人
往往忽视自己的年龄

白衣长袍兜着松针的人
松针煮酒治疗隐疾的人
松脂黏稠
蚊蚋的尸体偶尔缠裹其间

微弱的风吹不动松针
更多的时候
它们安静

密集的尖锐一致对外
那些松鼠是少见的
踩踏松针的隐士

恍惚的松针在黑夜里

绿漆护栏已经斑驳出红锈

山中从不缺少无所事事的人

静默是最伟大的学问

那些树林那些辨不清颜色的房子

夜晚泅渡的人

必须学会换气

季节如果有折页

翻动就永远不会停止

独居的人

身侧空出来的地方越来越多

当地独眼老人讲

那座明晃晃的桥

是为了末日建造的

黑夜里有人招手

隔着恍惚的静默的黑色松林

松针是另一种时间

仿佛我们一夜之间成了古人
空怀故人之心

罗汉松,不是罗汉的一种树
松针是另一种时间

不到片刻,它们已落满头顶
我们似乎已经没有地方可去

安静的呼吸
是整个湿热的夏天

如果此刻在山中
可提前进入万籁的暮晚

你却害怕
那些突然出现的松鼠

它们跳得太快了
松针在此时也变得寂静

松针燃烧

在手术台上
差一点就没命了
医生打开她的胸腔
里面全是血块
他们能做的
就是再次把皮肤缝合起来

她还年轻
有时在黄昏里发呆
脸色微红刚好还爱穿红衣服
山中多雾她越来越爱拍照
偶尔坐下来
点燃那些干枯的松针
火焰中的面孔微微晃动
黄昏转身去了黑夜

第四辑

彼岸花或沙漏现世

彼岸花

我和你一次次谈起
那些彼岸花

鲜艳喷吐死亡之血
花叶永不相见
情不为因果缘注定死生

彼岸花烈开之时
没人敢眷顾
死亡、毒液和坏名声

总在夏末秋初
我念及未曾谋面的彼岸花
褐色的球茎在土表之下

挂念永远不能企及之物
实则正是深渊的一部分

梦的对岸

从河的这岸

游到河的另一岸

没有水流声,也没有

拍打水的声音

一切都悄无声息

回头看看对岸

仿佛刚刚

离开了一个尘世

没有树木

没有石头

没有房屋

甚至风也没有

只有这条河岸

这一切都是在梦里发生的

只是为了验证

一个不会游泳的人

也抵达了河的对岸

第四辑 —— 彼岸花或沙漏现世

庚子记梦

梦里
你靠在我的肩上

我们在高原,在船上,或者
在一个忽高忽低的马背上

那是从未见过
也从未想象过的

高山中绝美的湖水
它比亲眼所见更真实

醒来
还是梦里好

可以在梦里死去更好
就在那片谁也没有见过的湖水前

梦中爽约

我们穿着厚衣服

一人一辆电动车

车后座都载着一个女人

看不清她们的面容

骑行了多久也忘记了

只记得满身满脸的尘土

一个院子

热气腾腾的饺子端上来

你胃寒,需要热酒

屋子里落满灰尘的老家具

突然醒悟隔壁就是我家

我说去拿酒

等我回来

突然就醒了

你却还在梦里

你寒冷的胃

还在等我的热酒

为这梦中的失约无比愧疚

我却回不去了

海市

庚子年七月初一
我曾经生活和工作的地方
出现了海市蜃楼
在争相举起的手机屏幕中
秩序被颠倒过来
生活也被再次纠正
比如
多年前的黄金海岸
儿子童年的橘红色塑料桶
八月十五之夜
海面上升起的那轮
巨大无比的明月

总会想起一些死去的人

总会想起一些死去的人

他们的善和小小的恶

他们的生老病死

他们或大或小的墓碑

他们早已朽烂的棺木,骨灰

还有墓地上的这些青草

这些都不重要了

只是偶尔在梦中

他们有时站在院子里

一棵棵开满了红色花朵的树

穿白衣白裤白鞋的人

在风里静静地低头浅笑

无人提及

他们是早已死去的人

偶尔在梦中走错了路

打开一个崭新的陌生人的院门

汁液流淌

灰烬落下来

越积越多

白瓷盘里的橘子

浑身都是寒意

通过炉钩子的夹持

它们正在火中翻烤

烤橘是南方的药方

据说能治疑难杂症

肉身

慢慢地由橘红变为暗黑

死亡之物

再一次经历了死亡

死亡的汁液

竟如此充溢流淌

赫拉巴尔的墓园

失眠的人从医院的窗口跳下
瞬时抵达虚无的顶峰
那时守望小天使不在身边

你的墓园和故园离得太近了
生死只隔了两英里

过于喧嚣的孤独
墓园一半光亮一半阴影
一只猫突然翻墙消失在树林里

出走就是复活
红色拖拉机正在垦荒
椴木上刻着陌生人的名字

米黄风衣的女子侧身在十字路口
风不大却吹乱了头发
一辆蓝色班车会晚一点儿开来

2016年3月12日于布拉格

倚门人

那个面孔模糊的人回来了
他已经被遗忘
隔着几十年后的玻璃窗
外面狂风大作

我读着一本黑封面的书
在书里
他带着唯一的毛巾和牙缸牙刷

唯一能去的住处
刚好那间房子还亮着灯
刚好夜里失眠的朋友们还在围聚
刚好多年之后的深夜
我也是一个倚门人

给一位逝去的朋友发微信

我搜寻到你的微信
一路点开浏览
有时你几天不说话
有时一天发七八条

留在界面最上方的
是你在尘世最后发送的
十个月的空白期
没人知道
四十二岁的你躺在医院里

刚刚我给你发送了一条信息
这个世界上
谁都不会看见它
请你好好保存
万一你能回复
那将是一个特别大的意外

断章

谁都不说

死去的人

永远没有被子盖

另一个尘世

一扇门,两个世界

进门和出门

有时是两个动作

有时,是生和死

我是个左撇子

梦里打架却总是先出右拳

有一次我在梦里过完了一生

每次看到那些

被扔掉的衣服和鞋子

总是心头一惊

它们好像刚刚失去了一个故人

中年的她又一次

在梦里的同一个地方滑倒了

满怀的栗子正密集地滚下山坡

那是时间刚找出的零钱

望着对岸的雪山和城镇
我们仿佛来自另一个尘世

松冠之上

比人们高十多米的

是雪松

高于人们几千米的

是雪峰

再高一些的

太过于虚无

你所目睹的只是极小的部分

事物的投影正在拉长

一切都很缓慢

河水开始有了雪白的骨骼

探险者是尸骨的代名词

山的另一面

被大风雪翻了过来

一些声响

继续从高处落下来

越来越多的人

疲倦于再次说起往事

越来越多的人安于缄默

望气的人[①],下棋的人,砍柴采药的人

他们没有后代

只有松针震动

一次次落下

静止的时刻

铺满并不安静的山中

如果是冬天

它们可以短暂地燃烧起来

那么多的黑白之物

也暂时变成了暖红色

---

①望气,也作候气、望云气、望氛等,望气的人在《吕氏春秋》等古代典籍中指擅长观测天象的人。

此刻

没人在意

也没人能分得清

枯木上的乌鸦

河岸岩石上的乌鸦

是不是同一个族类

几分钟前

有人在雪松下缓缓走过

一条灰白的路是被规划好的

有人被一只灰鹳吸引

灰白色的河流挡住去路

总会有瞬间掠过的翅膀

在黄昏中闪着未知的光泽

习惯

多年来

我总是在晚上吃馄饨

煮好的馄饨和热汤

倒在中等型号的瓷盆里

热气腾腾烫嘴

一口一口地

我先把整盆汤慢慢喝完

然后

一口一个馄饨

吃到最后

太撑了

我还是坚持把它们吞下去

馄饨比汤的味道好多了

墓园的大门为什么总在晚上关闭

没人怀有额外的理由

必须在晚上来到墓园

除了独苦的守墓人和乌鸦

死去的人也要在夜晚休息

墓园有时是干燥的

有时是潮湿的,偶尔有墨苔

是的,白天总会有人来

但很少有人在阳光布满的中午时刻到来

到来的人往往没有表情

他们隔着墓碑说话,隔着土层说话

甚至隔着风说话

声音总是若有若无

很多墓园的大门是黑色的

天空往往是灰色的

有时还下着不大不小的雨

时间的骨灰纷纷下坠
滑过墓碑落到土里
和那些死去的人
交换地层之下的信息

一个男孩如此钟爱于墓园

这是一个小语种的国家

山地、隧道、丘陵、树林、教堂

一条铁轨已经废弃成了红锈色

小城紧挨着一条河

十一个少年曾在它的腹中溺亡

纪念标识牌上有他们微笑的面容

不远处一个缓坡

墓园的入口有两棵橡树

正午时分

所有的墓碑、鲜花以及亡者

都在平等的照彻之中

教堂很小,壁画很老

一个小男孩独自在墓碑间穿梭

他一直是欢快的

偶尔驻足,蹲下,察看

他的头发、额头、睫毛以及小身体

都在刺眼的光线中
有时他也跑到逆光处

母亲替他斜挎着书包
和他隔着不远不近的距离
母亲还很年轻,身材还没有臃肿
她每天陪儿子上下学都会经过墓园
她说没有别的原因
儿子太喜欢这里了

穿过墓园的铁门
再经过一个钢板拉索桥
就是他们红色的屋顶了

第五辑

纸上的云山与大象

123 — 138

八行诗

岛屿是时间的暮年
适合缓慢地写一封信的开头

适合为失去亮色的发丝
别上一根更加老迈的银针

沙滩作为修辞会毁掉一场人生
海水的托钵僧收容世间的灰烬

搀扶自己影子的人
刚好可以安度余生

数字化的石子来敲门

在手机这个无所不能的通道里
我们遇到了
越来越多的陌生人

他们借助语音说话
有些声音永远是陌生的
有的像早年的玩伴
有的像领导
有的则是早已入土的某个亡者

一些人隔着声音粒子
再次来到你身边
像是朝湖水中扔进了一颗数字化的石子

不轻不重的提醒
让你一次次恍惚

像是沉寂中
摁响的门铃
门开了却没有人

鱼鳞在身上的暗处发亮

收拾一条东海寄来的干鱼

板硬得像一段上了色的枯木

盐粒簌簌崩落

生活在黄昏

又多了一层咸苦

把它们用清水泡软

捕鱼的和晒盐的

都是我的陌生人

隔着日常之水

北方的夜带着雪意

鳞片在冬天的白瓷灯下

闪亮

一个一个揭开

薄硬干脆的鳞片

弹射进水池里案板上

衣服上、地上

还被带到了卧室的地板上
其他的
被池水带入更深的下方和黑暗

几天后
那些鳞片还沾在我的头发里
裤子的褶皱上
夹杂在毛衣上、鞋帮里

我带着这些鱼鳞走在北方的街上
那些暗处的亮光没有任何人察觉

陌生人

一个陌生人

在前面不紧不慢地走着

你只能

不紧不慢地跟在身后

像是做了一件亏心事

小心翼翼

还有几分歉意

你不能超过他

路太窄了

上面尽是陌生人

以及深灰色的影子

这个下午

陌生人

也更像是幽灵

一个人走到祁连山

夏天刚刚过去
在集装箱式的旅馆
我一个人
望着祁连山
能够看清那些停滞的牛羊
大山的褶皱
还有路上的车辙和洼地

此时下楼
翻过那道一人多高的铁丝网
就来到了草原上
再用几个小时
顺利抵达山脚
然后转身回来
那时已是深夜
头顶上
还有星群闪烁
这天下午
我一直这么想着
一动不动

清霜屋顶,写给小众书坊

几分钟前
那里是一群鸽子
远远望去白雪一片
只是偶尔转身
或短暂起飞
那些灰黑色的尾羽才展现出来

更多的时候
它们在下午的阴影里
那些白蜡树叶片早已落光
声音也被带走了
只有它们咕咕地叫着
仿佛喉管里塞着小石子
或者一小把棉絮

红色的爪子贴着瓦上的清霜
它们什么时候踱出笼子
又是什么时候
飞回去的
我们并不知晓

越来越白的屋顶

来时的路

下山的路

人们只能望着

车窗外一闪而过的事物

一个个山间的屋顶

在白雪中

没有什么可以变得更白了

远处有人烤着土豆

一半面孔在亮光中

另一半在灰烬里

他们偶尔用树枝拨动火堆

山间的屋顶

真是越来越白啦

去某地的火车上

风一吹过
那些深绿色的玉米
瞬间压低
并有了刺目的亮光

一个中年女人
在车厢里不停地打电话
"这趟车六十三块五
要是买四十块钱那趟车
就更好了"

我现在有些后悔
如果我的行李和别人的挤一挤
刚才她就不用费力
把深绿的大背包
放到过道另一侧的行李架上

这时
它看上去更重了

伟大的嘴唇

拦截成功后

守门员对着球门立柱

狠狠地

亲了一口

这胜过了世界上

那么多的嘴唇

梅花山兼致胡弦的十四行

现代建筑和远山之间隔着那么多
梅树和陵墓
我刚刚见过几只昆虫的遗骸

稳固的意义已然终止
流水上的夜航船
鲜活的浮世戏剧
分离的醒目如同船头晃动的灯盏

南方的薄雪多像是迟暮的脸颊
借助酒杯说话的人声调那么高
夜色却一滴一滴下压低垂

薄凉的现世
是谁一次次摘下精心描画的面具
 "没有人真正死去,
恰如没有人能真正活着离开人世。"

蓝色童车

雨来,避雨
任何人于此无异
暮晚时分的蝉也一样

因为避雨我暂时成了听经人
一辆深蓝色的童车
停在仿古建筑的屋檐下

孩子被母亲抱出
四肢垂落,眼神呆滞
礼忏声将佛堂和童车暂时填满

雨未停歇
唱经已经结束
完成例行工作的僧人浑身轻松

他们开始在雨中喧哗
我甚至听懂了
其中的一两句方言

庚子冬经湖州往温州致文成慕白

红豆杉在野生的悬崖上结果

无人能够近身采摘

更高处是陌生的树枝传来的声响

向下是一个又一个幽蓝或深碧的潭水

人影在微微晃动

很多人在一次次的眩晕中

那一年山边长满竹子,有的还开了花

一个人在醉酒中迎向湖水

幸好有一只手把他托举上来

一切都从纸页和水面划过去了

风一直吹过来却不大

有人却提前经历了死亡和重生

第六辑

响水桥笔记

月圆之夜响水桥

四十多年前的晚上

从姥姥家出来

爸爸背着昏昏欲睡的我

妈妈走在前面

过响水桥①的时候

爸爸突然叫了我两声

我当时吓得打了一个冷战

为这,母亲多年来还在抱怨

回到家我接连几天昏睡

叫也叫不醒

不吃不喝

那时村里连赤脚医生都没有

母亲听了一位老人的建议

她站在门槛上敲着脸盆

喊我的名字让我回家

说也奇怪

我居然就醒了

见到什么就吃什么
母亲说我肯定是饿疯了

对于这件失魂落魄的事
我只记得过桥的那个冷战
还顺便看了一眼
头顶上那轮圆月微微泛着清光

① 故乡门前这条直角形的河道，自南向北然后在桥头由东向西，但是它已干涸、壅塞多年。母亲说它是还乡河的支流，夏天水多的时候河蟹都能爬到屋里来。2020年春天挖掘机疏浚河道时偶然挖出了一块石碑。按照碑记所述，村中十字路口的这座石板桥建于明永乐（1403—1424）年间，因为河水日夜流淌且流水声清脆悦耳而得名"响水桥"。我走了千百次的父老乡亲口中的这座"西桥"——位于村子西边，终于恢复了它响当当的名字。欣喜之余，追怀过往，恍如一场又一场梦。儿时，我曾经堵在桥头不让同村的一个女孩经过，要她答应嫁给我才放行。她当时就气哭了，一边抹眼泪一边到我家向我妈告状。响水桥，作为时光的物证，给了我以诗为记的绝好理由。

在乡下向伟大的兔子致敬

回乡的时候

陪父母看了一会儿电视

两只猎犬

一黑一白

正在追逐一只灰色的野兔

无人机正在以上帝的视角跟踪俯拍

整个视频不到五分钟

直到最后一秒来临时

故事的结局才会揭晓

谁才是最后胜利的一方

画面充满极其流畅的速度感

冬天的田野一览无遗

一切障碍物都被时间清除掉了

对于双方选手来说

这都绝对公平

兔子不断疾速而及时地
变换方向
两只猎犬总是一前一后
或者一左一右
它们掌握了娴熟的抓捕战术
不断交替着领跑、冲刺
惊险至极啊
兔子有几次距离猎犬的尖牙利嘴
只有几厘米

一条干涸的水渠
出现在这场追捕的结尾
一只猎犬停了下来大口喘气
另一只飞跃了过去
又坚持了十几秒钟
然后慢慢减速
它也放弃了
兔子携带着尘土
一溜烟地跑远了

无从知晓
这个惊险的故事

兔子能不能

讲给它的妻子

或孩子听

向这只伟大的兔子

致敬吧

幸存下来

需要的也不止是勇气和坚持

窗外已经暮色四沉

我和父母都长长舒了一口气

我们只是看到了

想要的故事和结局

还好

这一次

时间的编剧和主角

刚好都站在了弱者这一方

王单单、张二棍来到响水桥

王单单和张二棍

一个滇人一个晋人

终于来到了我大燕的响水桥

他们的方言村里人听不懂

所以就干脆不说话

我带着他们看了看村外的庄稼地

还有一览无遗的村子

着实没什么好看的

王单单把刚摘的青辣椒直接扔到灶膛里

我还从来没这么干过

只是往里面埋过几只麻雀、蚂蚱以及

土豆和栗子

每一次它们都烫手得很

它们必须从你的左手及时地倒腾到右手

你得不断地吹气好给它们降温

门口的石头在下午的温热中
二棍累了,就蹲下来吸烟
像极了以前晒太阳的老汉
真是越来越迟钝了
白天和夜晚都从喝酒开始
我们都想
一眼望穿门前的这条河水

他们也急于跃入水中
一展身手
毛茸茸的鸭子从水中冒出头来
就如我们从时光的深潭中
侥幸地挣脱了一下
抓紧时间呼一口气
多么轻松又多么沉重

听母亲电话里说父亲正在村西挖野菜

一大早母亲在电话中说

一缸黄豆酱已经做好了

你爸去村西看看能不能挖到野菜

前不久刚下过一场春雪

此刻是清明

不知道八十多岁的老父亲

能不能挖到野菜

回头把它们洗净，焯水，蘸大酱吃

记忆中的那些野菜

都有细小的锯齿

它们在此刻正拨转回

几十年前

到处都是野菜啊

苦麻蝶、婆婆丁、灰灰菜

曲麻菜、蚂蚱菜、车轱辘菜

它们匍匐或蜷缩在地上

我记得更牢靠的

是水芹菜

这种多年生草本植物，高十五至八十厘米

茎直立或基部匍匐

基生叶有柄，柄长达十厘米

基部有叶鞘，叶片轮廓为三角形

边缘有牙齿或圆齿状锯齿

茎上部叶无柄

复伞形花序顶生

年轻的母亲让我带上铲子和柳筐

去挖水芹菜

我很快就从村西挖了一大捆回来

母亲几乎笑岔了气

说这个哪是水芹菜

长得细高挑且闻起来有特殊味道的才是

我又一次去了村外

奇怪的是

几十年来

村里人从来都不认识这种野菜

那么母亲是怎么知道的

至今成了一个谜

那时院外种了四棵树

柳树、槐树、榆树和香椿

季节到了就吃柳芽儿、槐花、榆钱和香椿芽儿

我不知道

这是不是父母特意栽下的

以备不时之需

唯一的草莓

那一年回乡
推开后院的绿皮铁门
我有了不小的震惊

居然
母亲在屋檐下栽种了两垄草莓
潮湿墨黑的阴影中
浓绿斑驳的倒卵形叶片
正泛着微光
它们边缘的锯齿在风中微微抖动

居然
已经到了挂果期
那一个个鼓胀的红白相间的果子
时间的血液
尖卵形的瘦果
正在内部甜蜜地发酵
当我第一次摘下它们

而不是从大棚、超市以及小贩的手中

酸中带甜的汁液任意流淌

居然

那也是母亲

唯一一次栽种草莓

那时她还年轻

每当我将果肉塞到嘴里

她就在北方的花椒树下微笑

母亲种的草莓

在一个透明的巨大时间容器中

是的——

　"多么日常而又伟大的赐予"

两张面孔与一本《杜甫传》

楼下四棵杏树开满了花

这几日花期正好

它们紧挨着一排分类垃圾桶

每年这时节我自然想起乡下的那棵杏树

一到响水桥

院墙内满眼雪白的花朵在无声炸裂

那时我把一本《杜甫传》

放在枝杈上

仿佛老杜在清明时节又活了过来

后来这棵杏树被父亲砍倒了

劳作的人

只关心饥馑

它的根系蔓延伸展得太快

撑开的枝干和繁密的树叶

留给下面庄稼和蔬菜的阴影越来越厚

一棵死亡之树

总是让我想起那个白花炸裂的黄昏

还有黑色枝头那本薄薄的传记

它们是尘世的两张面孔

接近于一棵杏树被砍倒时

天空落下来的那场大雪

前不栽桑

"前不栽桑,后不插柳,院中不栽鬼拍手"

这是中年之后

我才慢慢体会到的

姥姥家的前院,紧挨着窗户

就是一棵高挺的桑树

我那时吃了多少次桑葚啊

黑的、紫的、红的甚至白色的

都好吃

我一次次爬上树

在上面近乎疯癫地摇晃

满嘴满手都是紫黑的汁液

姥姥还养了蚕,圆形的竹笸箩

它们啃食桑叶的沙沙声

它们柔弱而雪白的身体

那么好听,好看

姥爷我从来没见过

照片也没有留下一张

他壮年暴病而亡

传下两门手艺——磨豆腐和唱皮影戏

大舅我也没见过

一次进山

他居然扛回百十来斤的大青石板

姥姥和母亲曾在上面捣衣

说它光滑如镜一点都不过分

他因此大伤元气，经常咳血

也是壮年而亡

二舅我也没见过

幸运的是他留下了微笑的照片

英俊，儒雅

那时他即将升任

一个煤矿的书记

疾病没饶过他，肝癌晚期

母亲第一次知道什么是追悼会

她带着弟弟连夜赶去开滦

那场大雨淋了他们一路

三舅还健在

臃肿的身子鼓胀的脸，眼睛被挤成一条缝儿

每天在村里晒太阳，呆坐不语

他是罗汉的命

光棍一条

他每天画关羽的大砍刀

白纸上是被斩落马下的头颅

四舅好手艺，个子也高

会刨笤帚，会识谱，会吹唢呐，会拉二胡

前两年也走了

他唯一的儿子十多年前出了车祸

成了植物人

黑发人送白发人

可惜了我的表弟

说不出，哭不出，动不了，跪不下

老舅我也见过

瘦弱异常,一阵风过来

就能打个趔趄

干农活不行,性子又慢了几拍

我见过三舅在地里用鞭子打他

他吱哇乱叫疼得跳起来

我看到过他

在村里的小卖部就着火腿肠喝啤酒

他死前得了怪病

说有几十条白蛇

在他的四肢和体内乱爬

我亲眼看见

他用鞋底子抽自己

拿钢针扎自己的胳膊和大腿

"前不栽桑",丧也。

姥姥无疾而终

去世前我没能见她最后一面

那时桑葚正是成熟期

一颗颗微微晃动的果实

内部积攒的甜

它们越来越黑暗的身体

还有不为人知的

那些不祥的谶语

皮影头茬皮影身

姥爷走过南闯过北

在滦州的皮影戏班子还拉过四根弦

回来后

天天琢磨

不分白日黑夜

雕刻驴皮影人

手都磨脱了几层皮

《五锋会》《薛刚反唐》《三请樊梨花》

帝王将相才子佳人妖魔鬼怪

生、旦、净、大、髯、丑、妖

各色影人甫一刻好

就要拿到院子里通风、晾晒

晚上再放回木箱

每次都要把影人的头茬①

从身子上摘下来

单独存放

必须"身首异处"才行

这是老规矩

滦州就发生过一件怪事

那些骑着马拿着刀枪的影人

半夜里从柜子里挤出来,然后又冲出门外

杀声震天

那次

班主就忘了把他们的头茬

取下来

姥爷说

也可能是那天大家都喝多了

只是一个梦

①皮影角色的造型由头部和身子组成,皮影头在影戏中称头茬或头梢。皮影头茬平时单独存放,表演时才将头茬插到不同的皮影身上,组成完整的人形。

临终的西瓜

爷爷的名讳很有文化

单字一个"玉"

他也确实了不起

当过几年私塾先生

人很瘦弱

从来不下地干活

天天画白鹤

一生从未间断

他临终前是大冬天

养了一年的白猪已经屠宰完毕

他的目光清朗异常

说白鹤已经在院子里等他了

临走前想吃口西瓜

那时农村没有大棚蔬菜

没有现在的反季节水果

咋办？

父亲是出了名的孝子

骑上自行车就去了县城

来回一百多里地

他回来时已经是黄昏

棉衣棉裤被热汗蒸腾着冒白气

满身满脸的尘土

活脱脱像是从土里刚钻出来的

父亲小心翼翼地捧着

那个西瓜

小得可怜

爷爷满意了

只吃了一口

就驾鹤西去

我第一次知道

大冬天

居然还有卖西瓜的

更离奇的是

爷爷即将停摆的身体内有一座火山

等待浇灭

大雨中的幻想症

六七岁那年夏天

雨水太多

铁门都生了红锈

我把泥巴从院子运到屋里

开始了我的杰作

我捏了五六十个泥人

还有泥马、泥车、泥炮

然后找来小树枝插在它们手里

这就成了兵器或旗帜

我的队伍很庞大

可以从西屋经过堂屋

然后延伸到东屋

我每天把它们摆出来

排兵布阵

口中还念念有词

晚上再把它们堆到墙角的长木凳下

因为泥巴黏性不够

它们很快就干裂了

不是掉了脑袋就是缺胳膊少腿

我于是蘸着水

试图把它们再粘在一起

幻想终于迎来了失败

它们也再次回到院中

成为泥土

那年的雨下了一场又一场

地面溅起水泡而微微发亮

响水桥的蛙声也像是

大雨带来的礼物

潮湿、滑腻的皮肤

还偶尔沾着几根草茎

一个人从云南回来后

村里的一个壮汉

早年间去过遥远的云南

回来后满脸焦黄

形同枯骨

他说

到了云南后

天天夜里做梦

每次都梦到自己死去

而每次的死法都不一样

最离奇的一次

他在梦中像一张白纸

四肢折叠起来

然后被扔进火堆

他觉得只是一瞬间就融化了

成了白灰

但是竟然感不到丝毫的恐惧

而是无比的温暖和舒坦

一位脱口秀老乡

他是我们响水桥出来的大名人
京城的一位脱口秀演员
真是巧舌如簧、口吐莲花
不知道基因是不是来自他的母亲
她骂人都能骂出花儿来
哥们儿的粉丝越来越多
每次演出他都穿着大红大绿
妖娆得很

一次闲聊
我们说起各自的梦
我的梦是彩色的、有声音的
他听后惊呆了很久
他的梦一直是黑白色的,还没有声音
还以为所有人的梦都这样
"太不公平了吧"
他嚷道

就我们两个人来说

这很公平

我平日里基本不说话

很多年只穿白色或黑色的衣服

而他每天说话几个小时不间断

衣着也是颜色各异、多姿多彩

我们只是在梦里

找到了各自的补偿

不应该让她们如此羞愧

这么多年过去

我仍死死地记着那个中午

她们正朝这边走来

按照我们预想的

停了下来

她们是三姐妹,就住在

我家隔壁

中间那堵墙很矮

我经常爬到墙头

和对面的老三说话

那是我家的自留地

大白萝卜已经长成

母亲准备用来腌咸菜的

她们有片刻的犹豫

然后看看四周

立刻弯下腰去拔萝卜

能看出来

她们很吃力

萝卜太大扎在土里太深

土又板硬得很

终于拔出来了

我和小伙伴

立刻从玉米地里蹿出来

大喝一声

也如我们预料的

她们着实吓坏了

浑身一哆嗦

脸登时就涨红了起来

萝卜也扔在了地上

多么狼狈，多么难堪，多么羞愧

不只她们

也包括我

这是我没想到的

她们变形的脸如此陌生

也如此愤怒

在饥饿的年代

真不该

让她们连面子也丢了

生日及次日遇两场春雪有感

两场大雪

不偏不倚落在三月的中旬

落在我农历生日的当天和次日

白天和夜里我在雪地上溜达

嘎吱嘎吱的响声

多像年轻人的好牙齿

说起几十年前的人

都已经老了

四十七年前

掌灯时分

父亲已在院子里

种下小葱、韭菜和菠菜

母亲在土炕上

即将生产

四十七年后

春雪刚好落在同一天

北京的雪已经下起来了

地面已经发白了

我给母亲打电话

她说老家还没下雪

天气预报说晚上八点有雪

谈到雪

我和妈妈都很开心

不再像多年前

担心倒春寒

不再担心粮食和蔬菜

母亲总是说

儿子

只要你身体好

我们就都很好

像一个古人在酒后醒来

响水桥上的雪

越来越厚了

这么冷彻的路面

不同的人踩在上面

一棵棵雪树和成片的白屋顶

仍在你童年的视线之内

园中的蔬菜已经收割

留下了一个个坑

它们不深也不浅

像古时的人刚刚在酒后醒来

毛皮席子越来越油腻

屋内的炉火越来越红

沸腾的水是人世的一个侧脸

刚刚有不知名的走兽在桥头闪现

夜晚正在来临

朋友在赶来的路上

真好

一切都还没有被辜负

返回的人

头上顶着雪

可以没琴可抚

可以在大雪的日子

在酒后像一个古人

刚刚醒来

响水桥杂谭

1

老家的集市上
早早停靠了几挂马车
晨雾中枣红马喷着响鼻
红黑的汉子揣着手来回踱步
他们来自白洋淀
满车都是雪亮的苇席子
年轻的父亲
用自行车将一大筒苇席
带回北方的土炕上

隔着几十年的光阴
那些苇席
在后背烙上浅红的印记
那些芦苇
一直在眼前轻轻摇晃
它们
永远是北方童年日记的开端

2

"一淀水,一淀银;一寸芦苇,一寸金。"
打草的,割苇的,
造纸的,织席的,
编篓的,打帘的
多年后
他们都进了崭新的博物馆
那些农具、渔具、家具
那些布满坑点和裂缝的老物件
成为停顿的艺术

钟摆静止
世事如烟缕
他们是我的曾祖父、祖父、外祖父、父亲、叔父
还有我自己

3

这么多年
在响水桥边的白漆木船上
我一直在做梦
每次摇醒我的
都是年轻的母亲

露水或雨水时时滴落

乡下的历史

在冷峻中闪着微光

到了夏天

门前河沟里流水漫溢

各自有各自的命

这些水鸟绒羽各异

脚掌有的是红色的

有的是黑色的、黄色的

或者是褐色的、灰色的、白色的

它们在清晨或黄昏短暂现身

有时把自己飞成一团白雾或黑云

有时把自己站成瘦长的雕塑

有时在一棵白杨树上筑三个巢

有时干脆把巢筑在苇丛

有时它们抱团取暖

4

华北平原

是静止的艺术

一直板着老面孔

种树的人、修路的人、采矿的人

种田的人、挖渠的人、捞河蚌的人

蹚水的人、挑担的人、赶路的人

他们的动作

一直在重复

北方有苹果园、梨园

柿子园、李子园

桃园、杏园、枣园、栗园

有玉米地、高粱地、花生地

有红薯田、麦田、稻田、荷田

所有的甜

正在拔节生长之中

吹糖人最为精通甜蜜的艺术

5

银白雪亮喧响的时刻

午夜静寂舒缓的时刻

偶尔冰冻落雪白头的时刻

响水桥上有历史,水中有现世

水中有人心,水中有命

水中有道,有因果

水中

有不可见之物携带的漩涡和谜团

异人传

响水桥的日子波澜不惊

但也出过一些怪异之人

乡间野史不足为外人道也

霍二先生

中过秀才

有一年高烧　月余不退

一个人被烧得昏天黑地

只得用了偏方

捕来一只乌鸦　单单吞食乌鸦目

此后居然目光如炬

夜间能见异物

有人亲见

他做的两个木头人

一童子　一丫头

有什么机关控制着

在屋里走来走去

还能端茶　递水　捶背　捏腿

更离奇的是

月圆之夜他在院中水井旁

念念有词

井中就会传来轰隆巨响

左邻右舍都听得到

什么时候下大雨　什么时候干旱

他都能提前知晓

三十一岁那年

他结了婚

惊异之术一夜尽失

死前数日

他不再进食　却呕吐不止

几百只颜色各异的鸟

麇集园中嘤鸣不已

神乎其神的霍二先生

成了传说

他是我的曾祖父

生于 1879 年　卒于 1941 年

图书在版编目（CIP）数据

梦的对岸 / 霍俊明著. -- 北京：国际文化出版公司，2022.10

ISBN 978-7-5125-1467-6

Ⅰ. ①梦… Ⅱ. ①霍… Ⅲ. ①诗集－中国－当代 Ⅳ. ① I227

中国版本图书馆 CIP 数据核字 (2022) 第 182316 号

梦的对岸

作　　者	霍俊明
责任编辑	吴赛赛
选题策划	彭明榜
出版发行	国际文化出版公司
经　　销	全国新华书店
印　　刷	北京精彩世纪印刷科技有限公司
开　　本	889 毫米 ×1194 毫米　　　32 开
	6.5 印张　　　　　　　　100 千字
版　　次	2022 年 10 月第 1 版
	2022 年 10 月第 1 次印刷
书　　号	ISBN 978-7-5125-1467-6
定　　价	58.00 元

国际文化出版公司
北京朝阳区东土城路乙 9 号　　邮编：100013
总编室：（010）64270995　　传真：（010）64270995
销售热线：（010）64271187　　传真：（010）64271187-800
E-mail：icpc@95777.sina.net